Meine allerliebsten Bärengeschichten

Dieses Buch gehört:

____

Meine allerliebsten

Bären-geschichten

Ingrid Uebe

Der kleine Brüllbär

Mit Bildern von
Helga Spieß

Inhalt

Der kleine Brüllbär

Mitten im Wald
lebte einmal ein kleiner Bär
mit seinen Eltern.
Sie wohnten
nicht weit von der Himbeerhecke
und dem gluckernden Bach
in einem gemütlichen Holzhaus.
Ringsherum war ein Garten
mit einer Wiese
und vielen Blumen.
Der kleine Bär
konnte für sein Alter
ziemlich laut brüllen.
Deshalb nannten ihn alle Leute
„der kleine Brüllbär“.
Eines Tages sagte die Mutter:

„Hör zu, kleiner Brüllbär!
Heute Abend
gehen wir fort. Fritz Eichkater feiert
Geburtstag
und hat uns eingeladen.“
„Ich will auch mit!“,
rief der kleine Brüllbär.
„Nein“, sagte die Mutter,
„es wird viel zu spät.“
„Uaah!“, brüllte der kleine Brüllbär.
„Ihr sollt nicht weggehen!
Ich will nicht allein bleiben!“
„Aber kleiner Brüllbär“,
sagte die Mutter,
„wir sind ja bald wieder da.“
„Uaah!“ brüllte der kleine Brüllbär.
„Das dauert mir viel zu lange.“
Der Vater schüttelte den Kopf.

„Bären benehmen sich nicht
so dumm", sagte er.
Die Mutter machte
dem kleinen Brüllbär
das Abendbrot.
Aber er brüllte: „Uaah!
Ich will nicht allein essen!"

„Dann nicht“, sagte die Mutter.
Sie räumte alles wieder fort
und brachte ihn ins Bett.

„Schlaf gut, kleiner Brüllbär!“,
sagte der Vater.
„Wenn du aufwachst,
sind wir wieder da.“
„Träum süß, kleiner Brüllbär!“,
sagte die Mutter.
„Nachbar Uhu sitzt auf seiner Tanne
und passt auf dich auf.“

Der kleine Brüllbär
kroch unter die Decke
und machte die Augen fest zu.
Er wollte das Dunkel nicht sehen.
Er wollte kein dummer Bär sein.
Er wollte nicht weinen.
Aber er konnte nicht anders.
Vom Weinen wurde er müde,
und dann schlief er ein.

Mitten in der Nacht wachte er auf.
Alles war dunkel.
Ging da eine Tür?
Schlich da jemand durchs Zimmer?

Der kleine Brüllbär
setzte sich hin und brüllte,
so laut er konnte.
Aber das half nichts.
Da hörte er auf
und lief aus dem Haus.
Draußen war es auch dunkel.
Der Mond war nicht da.
Nur ein paar Sterne glitzerten
zwischen den Wolken.
Der kleine Brüllbär stolperte
über die Wiese und rief:
„Nachbar Uhu, wo bist du?“
Da hörte er über sich
eine krächzende Stimme:
„Hier sitze ich ja.“
Der kleine Brüllbär blieb stehen
und riss seine Augen auf.

Er stand wahrhaftig schon
vor der großen Tanne.
Da saß Nachbar Uhu
auf einem Zweig und sah ihm
aus gelben Augen entgegen.
„Ein Glück, dass du da bist!“,
sagte der kleine Brüllbär.
„Erzählst du mir eine Geschichte?“

Nachbar Uhu überlegte.
„Meinetwegen“, nickte er dann.
„Ich will dir erzählen,
wie der Mond eines Nachts
vom Himmel verschwand.“
„Aber auch,
wie er wieder
zurückkam“,
sagte der
kleine Brüllbär.

Die Geschichte vom Mond

„Eines Nachts,
als der Mond
so silbern und rund war wie nie,
fing er zu rollen an.
Er rollte über den ganzen Himmel,
an den Sternen vorbei
und durch die Wolken.
Er rollte und rollte,
schneller und schneller.
Und plötzlich fiel er ins Meer.

Der Mond tauchte unter
und sank bis auf den Grund.
Da blieb er liegen.
Die Fische kamen geschwommen
und staunten ihn
mit ihren Glotzaugen an.
Aber der größte von ihnen
machte sein Maul auf
und verschluckte den Mond.
Im nächsten Augenblick begann der
Fisch zu leuchten,
als wäre er ein silbernes Licht.

Das dunkle Wasser um ihn herum
wurde ganz hell.
Der Wassermann und die Nixen
schwammen herbei.
Sie fingen den leuchtenden Fisch
und sperrten ihn in einen Käfig
aus roten Korallen."
Nachbar Uhu schwieg.
„Und was war mit dem Mond?",
fragte der kleine Brüllbär.
„Irgendwann kommt er wieder",
antwortete Nachbar Uhu.
„Jetzt ist er nicht da.
Das siehst du ja selbst."
„Ist die Geschichte schon aus?",
fragte der kleine Brüllbär.
„Ja, für heute ist sie wohl aus",
antwortete Nachbar Uhu.

„Uaah!“ brüllte der kleine Brüllbär.
„Das war keine schöne Geschichte!“
„Brüll nicht so!“,
sagte Nachbar Uhu.
Er schwang sich von Ast zu Ast,
immer höher hinauf. Schließlich saß
er ganz oben
im Wipfel der großen Tanne.

„Von hier aus
kann ich das Meer sehen!“,
rief er hinunter.
„Ich glaube, es leuchtet.“
Der kleine Brüllbär stand auf.
Er reckte den Hals.
„Kannst du auch den Mond sehen?“,
rief er hinauf.
„Nein“, antwortete Nachbar Uhu,
„den Mond sehe ich nicht.
Das Meer ist zu tief.“
„Uaah!“, brüllte der kleine Brüllbär.
„Das gefällt mir nicht.
Der Mond soll kommen!
Mama soll kommen!
Papa soll kommen!“
„Warte nur ab“, sagte Nachbar Uhu,
„hab’ nur Geduld!“

„Uaah!“, brüllte der kleine Brüllbär.
„Dann erzähl mir sofort
noch eine Geschichte!“
„Nein“, sagte Nachbar Uhu.
Seine Augen funkelten
gelb und rund.
„Ich will ein paar Mäuse fangen.
Warte auf mich, kleiner Brüllbär.
Ich bin bald zurück.“

Willi Wolf

Aber der kleine Brüllbär
mochte nicht warten.
Er lief schnell in den Wald.
Da war es sehr dunkel.
Nicht einmal die Sterne
konnte er sehen.
Aber er kannte den Weg.
Er kannte die Büsche und Bäume.
Er kannte die Himbeerhecke
und den gluckernden Bach.
Tapp-tapp machten seine Füße,
tapp-tapp, tapp-tapp.
Aber waren das wirklich
seine eigenen Füße?
Waren da nicht
noch andere Schritte

neben ihm im Gebüsch
oder hinter ihm auf dem Weg?
„Hallo, wer ist da?“,
rief der kleine Brüllbär.
Da knackte es in den Zweigen,
und heraus trat eine graue Gestalt.
„Guten Abend, kleiner Brüllbär“,
sagte eine raue Stimme.
„Wohin so spät in der Nacht?“

Der kleine Brüllbär
erkannte den Fremden.
Es war Willi Wolf.
Seine Augen glühten,
und seine Zähne blitzten.
„Ach, du bist es!“,
sagte der kleine Brüllbär.
„Ich will zu Fritz Eichkater,
meine Eltern abholen.
Ist das der richtige Weg?“
„Ja“, nickte Willi Wolf,
„das ist der richtige Weg.
Aber du musst trotzdem aufpassen,
dass du dich nicht verläufst.
Soll ich ein Stück mitgehen?“
Der kleine Brüllbär überlegte.
„Ich könnte dein Hund sein“,
sagte Willi Wolf.

„Ein Hund begleitet
seinen Herrn überallhin
und findet immer
den richtigen Weg."
„Warum willst du mein Hund sein?",
fragte der kleine Brüllbär.
Willi Wolf seufzte.
„Ach, ich bin so allein.
Ich wollte schon immer
einen Herrn haben
und ihm gehorchen."
„Ich habe keine Leine für dich",
sagte der kleine Brüllbär.
Willi Wolfs Augen glühten ihn an.
„Ich habe eine Leine",
sagte er.
„Wir können sie holen.
Magst du übrigens Honig?"

„Ja“, sagte der kleine Brüllbär,
„Honig und Himbeermarmelade
mag ich am allerliebsten.“
„Ich habe drei Eimer voll Honig
in meiner Höhle“,
sagte Willi Wolf,

„und fünf Schüsseln
voll Himbeermarmelade."
„Mhm", machte der kleine Brüllbär
und seufzte.

Willi Wolf leckte sich die Lippen.
„Ich habe auch Kuchen
und Bonbons",
behauptete er,
„und Schokoladenplätzchen."
Aber da wurde es
dem kleinen Brüllbär zu bunt.

Ein Wolf, der so etwas sagte,
war gewiss nichts als ein Lügner.
„Ich glaube dir nicht, Willi Wolf",
sagte er.
„Mach, dass du fortkommst,
sonst verhaue ich dich.
Bären sind nämlich sehr stark."
Da fletschte Willi Wolf
seine spitzen, blitzenden Zähne.
Aber er sagte nichts mehr,
sondern verschwand im Gebüsch.

Fifinchen

Der kleine Brüllbär lief weiter,
immer tiefer in den Wald hinein.
Dort standen Bäume,
die er noch niemals gesehen hatte.
Da gab es keine Himbeerhecke
und keinen gluckernden Bach.
Tapp-tapp machten seine Füße,
tapp-tapp, tapp-tapp.

Plötzlich brüllte er auf.
Er war in etwas hineingetreten.
„Uaah!“, brüllte der kleine Brüllbär.
„Meine Pfote tut weh!
Mama soll kommen!
Papa soll kommen!
Der Mond soll auch kommen!
Nachbar Uhu, wo bist du?“
Doch alles blieb still.
Der kleine Brüllbär saß ganz allein
im tiefen dunklen Wald
und fürchtete sich sehr.
Er holte tief Luft
und brüllte
so laut er konnte.

„Was ist denn das für ein Lärm?“,
fragte plötzlich
ein feines Stimmchen.
„Man wird ja ganz taub davon.“
Der kleine Brüllbär
riss seine Augen auf.
Eine ganze Weile konnte er
in der Dunkelheit nichts erkennen.
Dann näherte sich
der Schein einer kleinen Laterne.
„Du meine Güte!“,
sagte das Stimmchen.
„Ich dachte immer,
Bären können nur brummen.“
„Wenn sie einen Grund haben,
können sie auch brüllen“,
antwortete der kleine Brüllbär.
Die Laterne kam näher.

Nun konnte er erkennen,
wer sie trug.
Es war das seltsamste Wesen,
das er je
gesehen hatte:
Es war nur halb
so groß wie er,
viel dünner
und grün!
Es hatte
grüne Kleider,
grüne Schuhe,
einen grünen Hut
und so viele grüne Haare,
dass sein grünes Gesicht
kaum zu sehen war.
„Wer bist du?",
fragte der kleine Brüllbär.

„Ich bin ein Mooself
und heiße Fifinchen“,
sagte das grüne Wesen.
„Warum brüllst du denn so?“
Der kleine Brüllbär
streckte dem Mooself
seine Pfote entgegen.
Fifinchen nickte.
„Ja, da drin steckt ein Dorn!
Der muss heraus.“

„Uaah!“, brüllte der kleine Brüllbär.
„Das tut aber sicher
fürchterlich weh.“
„Ach was, überhaupt nicht“,
sagte Fifinchen.

„Ich habe zu Hause
eine schöne, spitze Pinzette.
Damit kann ich den Dorn
leicht herausholen."
„Uaah!", brüllte der kleine Brüllbär.
„Was ist eine spitze Pinzette?
Ich will lieber einen Dorn
als eine spitze Pinzette!"
„Du kommst jetzt mit",
sagte der Mooself energisch.
„Der Dorn muss heraus."
Da hinkte der kleine Brüllbär
hinter Fifinchen her.
Bald kamen sie
an ein Häuschen
aus Moos und Baumrinde.
Es lag unter einer uralten Buche.
Farnkräuter deckten es zu.

Fifinchen lief hinein
und kam gleich darauf
mit einer silbernen
Pinzette zurück.
Der kleine Brüllbär
streckte seine Pfote aus
und machte die Augen zu.

Er holte tief Luft.
Sobald es wehtat,
wollte er brüllen.
Aber es tat gar nicht weh.
Es piekte nur kurz,
und das war schneller vorbei,
als er „Uaah“ sagen konnte.
„Hier ist er!“, sagte Fifinchen
und hielt dabei
einen großen Dorn
ins Licht der Laterne.
„Kein Wunder,
dass er dir wehgetan hat!“
„Auch kein Wunder,
dass ich gebrüllt habe!“,
sagte der kleine Brüllbär.
Fifinchen lachte und sagte:
„Es blutet ein wenig.

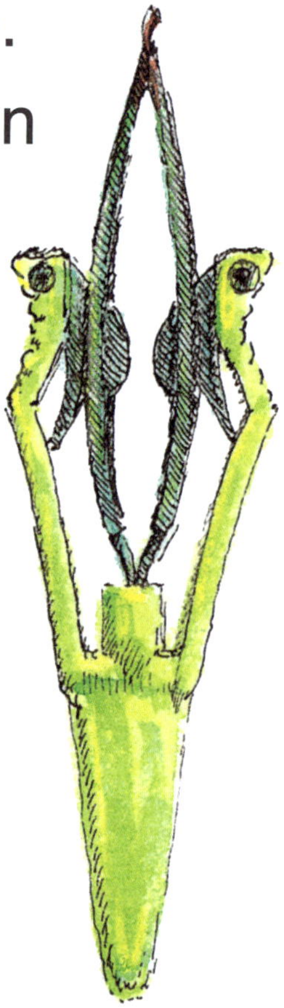

Ich will Kräuter und Moos
auf die Wunde legen,
dazu ein paar Spinnenfäden.
Danach tut dir nichts mehr weh."
Bald war die Pfote verbunden.
Der Mooself nahm sie
in beide Hände und sprach:
„Kräutlein kühl und Spinnweb fein
soll'n der Pfote hilfreich sein.
Grünes Moos auf rotem Blut
macht bald alles wieder gut.
Über eine kleine Weil
ist die schlimme Wunde heil."
Der kleine Brüllbär
seufzte vor Behagen.
Hoffentlich kam noch eine Strophe!
Doch leider knurrte
in diesem Augenblick sein Magen.

„Hast du Hunger?“,
fragte Fifinchen.
„Ich habe noch ein paar Reste
von heute Mittag im Haus,
Farnkrautsalat, Laubgemüse
und Moospudding
mit Tannennadeln.“
„Das ist aber alles sehr grün“,
sagte der kleine Brüllbär.
Fifinchen nickte.
„Mooselfen essen nur grüne Sachen.“
„Aha!“, sagte der kleine Brüllbär.
„Gibt es eigentlich
auch Himbeerelfen?“
„Sicher“, antwortete Fifinchen,
„die essen Himbeermarmelade
und andere rote Scheußlichkeiten.“
„Hmm“, machte der kleine Brüllbär.

Eigentlich fand er es schade,
dass ihn kein Himbeerelf
gefunden hatte.
Aber das behielt er für sich.
Stattdessen sagte er:
„Ich habe wohl doch keinen Hunger.
Ich mache mich lieber schnell
auf den Weg zu Fritz Eichkater.“

Die Löwenfamilie

„Gib Acht“, sagte Fifinchen,
„wenn du an die Waldwiese kommst!
Dort wohnt nämlich Leo, der Löwe,
mit seiner Familie.“
Der kleine Brüllbär fürchtete sich
vor der Löwenfamilie.
Trotzdem lief er weiter.
Tapp-tapp machten seine Füße,
tapp-tapp, tapp-tapp.
Der Weg wurde schmaler,
der Wald wurde dichter und dunkler.
Der kleine Brüllbär atmete schnell.
Ganz plötzlich wichen die Bäume
nach beiden Seiten auseinander.
Vor ihm lag eine große Wiese.
Die schimmerte im Mondlicht.

Das war gewiss die Waldwiese,
vor der ihn Fifinchen
gewarnt hatte.
Ganz vorsichtig setzte
der kleine Brüllbär
einen Fuß vor den anderen.
Beinahe schwebte er.
Jedenfalls hatte er das Gefühl.
Da sprang plötzlich
ein mächtiges Tier
aus dem Gebüsch und versperrte
dem kleinen Brüllbär den Weg.
„Wo willst du hin?“,
fragte das Tier
mit grollender Stimme.
„Ich will zu Fritz Eichkater,
meine Eltern abholen“,
sagte der kleine Brüllbär.

„Deine Eltern?“,
fragte das mächtige Tier.
„Ja“, sagte der kleine Brüllbär.
„Meine Eltern sind Bären.
Ich bin auch ein Bär.“
Das fremde Tier lachte.
Sein Lachen kam tief aus der Kehle.
„Und du?“,
fragte der kleine Brüllbär.
„Ich bin Lea, die Löwin.
Die Frau von Leo, dem Löwen.
Wenn du willst,
kannst du Tante Lea zu mir sagen.

Ich sehe ja,
dass du noch ein kleiner Bär bist."
„Ja", sagte der kleine Brüllbär,
„ich bin wirklich noch
ein sehr kleiner Bär.
Aber meine Eltern
sind groß und stark,
und sie sind ganz in der Nähe."

Wieder lachte Lea, die Löwin,
und rief:
„Kommt heraus, Kinder!
Hier ist ein komisches Bärchen,
das Angst hat.
Ihr könnt mit ihm spielen."
Ein komisches Bärchen,
das Angst hat?
Der kleine Brüllbär war beleidigt.
Aber schon
kamen zwei Löwenkinder
aus dem Gebüsch
und sahen ihn neugierig an.
Sie gingen um ihn herum
und betrachteten ihn
von allen Seiten.
Sie schnupperten an seinem Fell
und stupsten ihn mit ihren Nasen.

Schließlich spielten sie zusammen:
Auflauern und Anschleichen,
Verstecken und Fangen.
Alle drei schlugen Purzelbäume
und kugelten im Gras herum.
Der kleine Brüllbär brummte,
die Löwenkinder knurrten.
Aber sie waren nicht so böse,
sie taten nur so.
Endlich waren sie so müde,
dass ihnen die Augen zufielen.
„Ja, schlaft nur, Kinder!“,
sagte Lea, die Löwin.
„Ich passe gut auf euch auf.“
„Auf mich auch, Tante Lea?“,
fragte der kleine Brüllbär.
„Natürlich“,
sagte Lea, die Löwin.

„Ich weiß doch,
dass du noch ein kleiner Bär bist.“
„Ja, ich bin wirklich noch ein …“,
murmelte der kleine Brüllbär.
Schon fielen ihm die Augen zu.
Da sagte Lea, die Löwin:
„Gib Acht, Bärenkind!
Leo, der Löwe, darf dich hier
auf keinen Fall finden.
Du musst verschwinden,
ehe er heimkommt.
Ich werde dich rechtzeitig wecken.“

„Ist gut, Tante Lea“,
murmelte der kleine Brüllbär.
„Aber vergiss es nicht!“
Da schlief er schon.
Er erwachte davon,
dass sich eine große Tatze
auf seinen Kopf legte.
„Wach auf, Bärenkind!“,
flüsterte Lea, die Löwin.
„Es wird Zeit, dass du gehst.“
„Vielen Dank, Tante Lea“, flüsterte
der kleine Brüllbär zurück.
Leise schlich er davon.
Eben wollte er sich
in die Büsche schlagen,
da blieb er stehen,
wie vom Blitz getroffen.
Denn Leo, der Löwe, brüllte.

Es war das lauteste, furchtbarste
und herrlichste Gebrüll,
das der kleine Brüllbär
in seinem ganzen Leben
gehört hatte.

Fritz Eichkater

Der kleine Brüllbär
hörte atemlos zu.
Niemals würde er
so laut und wunderbar
brüllen können wie Leo, der Löwe!
Als die gewaltige Stimmer verklang,
lief er weiter.
Bald kam er an eine uralte Eiche.

Dort musste Fritz Eichkater wohnen.
Aber alles war dunkel und still.
Enttäuscht blickte
der kleine Brüllbär sich um.
Er rief: „Fritz Eichkater,
bist du zu Hause?“
Da huschte ein Schatten herbei.
„Hallo, kleiner Brüllbär“,
sagte Fritz Eichkater und gähnte.
„Was willst du so spät?“
„Ich will meine Eltern abholen“,
sagte der kleine Brüllbär.
Fritz Eichkater
gähnte noch einmal.
„Ach, die sind schon fort.
Das Fest ist ja
lange vorbei.“

„Uaah!“, brüllte der kleine Brüllbär.
„Jetzt habe ich den weiten Weg
ganz umsonst gemacht.
Jetzt muss ich allein wieder zurück.
Ich werde mich sicher verlaufen.“
„Warte“, sagte Fritz Eichkater,
„ich bringe dich nach Hause.“
Er pfiff durch die Zähne.
Da erschien im Dunkel der Bäume
ein heller Punkt.
Der stieg funkelnd auf und nieder.

Es war ein Glühwürmchen.
„Dann kann es ja losgehen“,
sagte Fritz Eichkater,
und sie machten sich auf den Weg.
Das Glühwürmchen war immer
ein ganzes Stück voraus.
Auch Fritz Eichkater
hatte es eilig.
Er wollte schnell wieder heim.
Ab und zu kletterte er auf
einen Baum und hielt Ausschau.

Aber keine Gefahr war in Sicht.
In diesem Teil des Waldes
war der kleine Brüllbär
noch nie gewesen.
Doch er fürchtete sich nicht.
Tapp-tapp machten seine Füße,
tapp-tapp, tapp-tapp.
Sie kamen an einen Teich.
Silbern glänzte das Wasser
im Licht der Sterne.
Nahe am Ufer blühten drei Seerosen.
Darunter stand ein kleiner Fisch
und fächelte mit seinen Flossen.
Der kleine Brüllbär blieb stehen.
Ob dies wohl das Meer war?
Er beugte sich nieder
und fragte den Fisch:
„Hast du den Mond verschluckt?“

Aber der Fisch blieb stumm.
Nur ein paar Luftblasen
ließ er emporsteigen.
Dann schwamm er davon.
Er leuchtete nicht.
„Das war nicht der richtige Fisch“,
dachte der kleine Brüllbär.
„Dann ist dies wohl
auch nicht das richtige Meer.“
Sie gingen weiter und kamen bald
an den gluckernden Bach
und die Himbeerhecke.
Da lief Fritz Eichkater heim.
Der kleine Brüllbär kannte den Weg.

Wieder Zuhause

Schnell rannte der kleine Brüllbär
nach Hause.
Die Tür stand offen.
Zuerst suchte er unten
nach seinen Eltern.
Leider vergeblich.
Also lief er die Treppe hinauf
in sein Zimmer.
Da saßen seine Eltern
neben dem leeren Bett
und waren sehr traurig.
Doch als sie ihn sahen,
wurden sie froh.
„Ach, kleiner Brüllbär,
wo bist du gewesen?",
rief der Vater.

„Wir haben uns große Sorgen
um dich gemacht.
Wir dachten schon,
der Wolf hätte dich gefressen
oder der Löwe hätte dich zerrissen."
„Aber nein!",
rief der kleine Brüllbär.
„Bären sind ja nicht dumm.
Außerdem sind sie sehr stark."
Dann erzählte er
seinen Eltern alles,
was er erlebt hatte.
Die beiden erschraken
noch nachträglich sehr.
Der kleine Brüllbär musste ihnen
in die Pfote versprechen,
dass er nie wieder bei Nacht
allein aus dem Haus laufen würde.

Als er endlich im Bett lag,
sah er durchs Fenster den Mond.
Groß und rund stand er am Himmel.
„Schaut nur, der Mond!",
rief der kleine Brüllbär.
„Der Fisch hat ihn ausgespuckt."
Die Mutter deckte ihn zu
und schüttelte den Kopf.
„Ich glaube, du träumst schon",
sagte sie.
Der Vater öffnete das Fenster.
Da saß Nachbar Uhu
auf seiner Tanne
und sah aus großen Augen herüber.
„Hallo, Herr Nachbar!", rief der Vater.
„Mach dir keine Gedanken!
Unser kleiner Brüllbär
ist wieder daheim."

Ingrid Uebe

Der kleine Brüllbär macht eine Reise

Mit Bildern von

Helga Spieß

Inhalt

Reisepläne

Der kleine Brüllbär
freute sich schon sehr
auf die Ferien.
Noch viermal musste er schlafen,
dann hatte er
sechs Wochen schulfrei!
Und außerdem reiste er
mit seinen Freunden
ans Meer!
Das war wunderbar
und sehr aufregend.
Der kleine Brüllbär
hatte schließlich bisher
jeden Tag seines Lebens
im Wald
und bei seinen Eltern verbracht.

Nun sollte er zum ersten Mal
für drei ganze Wochen
hinaus in die Welt,
und seine Eltern blieben
bei seiner kleinen Schwester
zu Hause!
Jeden Nachmittag
traf sich der kleine Brüllbär
mit seinem besten Freund,
dem kleinen Brummbär,
und seiner besten Freundin
Susi Säbelzahn
bei der Himbeerhecke
am gluckernden Bach.
Sie steckten die Köpfe zusammen
und schmiedeten tausend Pläne.
Großmutter Säbelzahn
hatte am Meer einen Freund.

Der war Kapitän
und hatte ein großes Haus.
Da wollten sie alle vier hin.
„Urlaub muss sein!“,
sagte Großmutter Säbelzahn.
„Reisen bildet,
und Seeluft macht frei!“
Der kleine Brüllbär,
der kleine Brummbär
und Susi Säbelzahn
stimmten ihr zu.
Dann halfen sie ihr
das Auto waschen.
Als die Scheiben blitzten
und die Kotflügel glänzten,
rauchte Großmutter Säbelzahn

zur Erholung
eine dicke Zigarre.
Die Kinder
bekamen Kakao
und Kuchen.
Sie kletterten
damit in
Susis Baumhaus
und schmiedeten weitere Pläne.

Der kleine Brüllbär sagte:
„Am Meer tun wir nur,
was wir wollen."
Der kleine Brummbär sagte:
„Wir spielen
von morgens bis abends."
Susi Säbelzahn sagte:
„Und manchmal
auch noch in der Nacht!"

Da lachten sie alle drei.
Doch von diesem letzten Plan
erzählten sie Großmutter Säbelzahn
lieber nichts.

Abschied

Endlich waren die Ferien da.
Endlich konnte die Reise beginnen.
Endlich hielt Großmutter Säbelzahn
mit ihrem blitzblanken Auto
vor dem Gartentor.
Der kleine Brüllbär
nahm seinen Koffer
und rannte hinaus.
Susi Säbelzahn
und der kleine Brummbär
winkten ihm fröhlich entgegen.
Der kleine Brüllbär stieg ein.
Er war ganz aus dem Häuschen
und brüllte vor Freude:
„Uaah, es geht los!
Uaah, die Reise beginnt!“

Seine Eltern standen
am Gartenzaun.
Seine Schwester Lalla
streckte die Arme aus
und wollte mitfahren.
„Du bist noch zu klein!“,
rief der kleine Brüllbär.
„Und ich muss jetzt weg.“
„Aber kleiner Brüllbär“,
sagte der Vater,
„gibst du uns nicht mal die Pfote?“
„Ach ja“,
sagte der kleine Brüllbär,
„das hätte ich fast vergessen.
Und einen Kuss
gebe ich euch auch.“
Danach ging es tatsächlich los.
Großmutter Säbelzahn

gab tüchtig Gas
und drückte dreimal auf die Hupe.
Der kleine Brüllbär
kniete sich auf den Rücksitz
und winkte zurück.

Als seine Eltern und Lalla
nicht mehr zu sehen waren,
setzte er sich hin
und blickte nach vorn.

Er schniefte ein bisschen
und suchte sein Taschentuch.
„Hast du was?“,
fragte der kleine Brummbär.
„Nein“, sagte der kleine Brüllbär,
„mir ist bloß was
ins Auge geflogen.“

Wann sind wir denn da?

Als sie ein Stück gefahren waren,
fragte Susi Säbelzahn:
„Wann sind wir denn da?"
Der kleine Brüllbär
und der kleine Brummbär
hätten das auch gern gewusst.
Großmutter Säbelzahn lachte.
Sie sagte: „Das dauert noch.
Bis zum Meer ist es sehr weit!"
Zuerst kamen Berge,
dann kamen Wiesen und Felder,
danach kam lange Zeit gar nichts.
Susi Säbelzahn fragte:
„Wann sind wir denn da?"
„Nur Geduld!",
sagte Großmutter Säbelzahn.

„Das war gerade erst die Hälfte."
Susi Säbelzahn knurrte.
Der kleine Brüllbär seufzte.
Der kleine Brummbär gähnte.

Mittags machten sie Picknick.
Das war immerhin etwas.
Dann fuhren sie weiter.
Susi Säbelzahn fragte:
„Wann sind wir denn da?“

Jetzt sagte Großmutter Säbelzahn:
„Bald!
Sperrt eure Augen auf,
dann seht ihr das Meer.“
Und wirklich!
Ganz hinten am Horizont
war jetzt ein blauer Streifen.
Der wurde breiter und breiter.
Der wurde zu schäumenden Wellen.
Der wurde zum endlosen Meer.
„Uaah!“, brüllte der kleine Brüllbär.
„Jetzt können wir rudern!
Jetzt können wir segeln!
Wo steht das Haus?
Wo ist der Kapitän?“
Das Haus stand direkt am Strand.
Es war groß und gemütlich
bis unter sein spitzes Dach.

Der Kapitän wartete schon
vor der Tür.
Er hieß Onkel Fiete
und war ein stattlicher Mann.
Er gab Großmutter Säbelzahn
einen dicken Kuss
und schüttelte den Kindern
die Pfoten.
Dazu sagte er:
„Herzlich willkommen!“
Der kleine Brüllbär
und der kleine Brummbär
bekamen im ersten Stock
ein Zimmer mit Meerblick.
Susi Säbelzahn schlief allein
oben unter dem Dach.
Alle drei packten schnell
ihre Koffer aus.

Dann aßen sie Abendbrot.
Es gab eine Schüssel Labskaus,
gebratenen Fisch mit Kartoffelsalat
und zum Nachtisch
Eis mit Sahne und heißen Kirschen.
Onkel Fiete konnte
tatsächlich wunderbar kochen!
Der Abend war hell und warm.
„Dürfen wir noch ans Meer?“,
fragte der kleine Brüllbär.
„Au ja! Au ja!“,
riefen Susi Säbelzahn
und der kleine Brummbär.
Großmuter Säbelzahn nickte.
„Meinetwegen!
Aber ins Wasser
geht ihr erst morgen,
wenn wieder die Sonne scheint.“

Alle gingen zum Strand.
Großmutter Säbelzahn
machte mit Onkel Fiete
einen schönen Spaziergang,
immer am Ufer entlang.
Die Kinder nahmen
Eimer und Schippe
und blieben am Strand.
Sie zogen lange Gräben
und schaufelten tiefe Löcher.
Sie backten Kuchen
und bauten eine herrliche Burg.

Sie suchten und fanden
die schönsten Muscheln.
Der kleine Brüllbär
und der kleine Brummbär
begruben Susi Säbelzahn
im weichen Sand.
Sie ließ es sich gerne gefallen.
Als es dunkel wurde,
kam Onkel Fiete und rief:
„Jetzt geht es ins Bett!“
„Na gut“,
sagte der kleine Brüllbär.
„Morgen spielen wir weiter.“

Segelwetter

Die Tage vergingen
mit Spielen und Baden.
Susi Säbelzahn konnte schon
wunderbar schwimmen.
Sie schoss wie ein Fisch
durch das tiefe Wasser.
Der kleine Brüllbär
und der kleine Brummbär
schwammen nur dort,
wo sie noch stehen konnten.
Onkel Fiete lobte sie trotzdem.
Großmutter Säbelzahn
nahm ein längeres Fußbad.
Danach legte sie sich
in die Sonne
und schnurrte.

Eines Abends
fragte der kleine Brüllbär:
„Wann gehen wir endlich segeln?“
Onkel Fiete kratzte sich
hinter dem Ohr und meinte:
„Tja, dazu brauchen wir
eine Mütze voll Wind.
Sonst kommen wir nicht
von der Stelle.“
Schon in der nächsten Nacht
tat sich ein heftiger Wind auf.
Susi Säbelzahn merkte es zuerst.
Sie huschte ins Zimmer der Bären
und flüsterte: „Los! Kommt!
Jetzt gehen wir segeln!
Onkel Fiete brauchen wir nicht.
Was der kann,
können wir auch.“

„Wir haben doch gar kein Boot“,
sagte der kleine Brummbär.
„Und Segel haben wir auch nicht.“
Susi Säbelzahn grinste.
„Ich weiß, wo wir alles finden.“
Sie schlichen zuerst in den Keller.
Da stand eine kleine Wanne.

Die trugen sie die Treppe hinauf.
Dann liefen sie in den Garten.
Auf der Wäscheleine
hing eine weiße Tischdecke.
Beides nahmen sie mit.

Susi Säbelzahn sagte:
„Jetzt fehlt uns nur noch der Mast."
Darauf verschwand sie im Schuppen
und kam mit einem Besen zurück.
Die Bären waren begeistert.
Sie schleppten die Sachen
ans Meer.
Ein stürmischer Wind
pfiff ihnen entgegen.

Dünne Wolken
jagten über den Himmel.
Hohe Wellen
rollten ans Ufer.
„Das ist Segelwetter!“,
sagte Susi Säbelzahn.
„Genau das,
was wir brauchen.“
Als das Boot fertig war,
kletterten sie schnell hinein.
Schon füllte der Wind das Segel.
Schon flogen sie über das Wasser.
Schon blieb das Ufer zurück.
„Nicht so schnell!“,
rief der kleine Brüllbär.
„Nicht so weit!“,
rief der kleine Brummbär.
„Was seid ihr für Angsthasen!“,

rief Susi Säbelzahn.
„Ich finde Segeln ganz toll!“
Die Wellen ließen das Boot
tanzen und schaukeln.
„Uaah!“, brüllte der kleine Brüllbär.
„Ich will wieder zurück!“
Doch das war leichter gesagt
als getan.
Der Wind trieb sie
immer weiter hinaus.
„Ahoi!“, schrie Susi Säbelzahn.
„Haltet euch fest!“
Da kam eine riesige Welle.
Da kippte der Mast.
Da klatschte das Segel ins Meer.
„Uaah!“, brüllte der kleine Brüllbär.
„Hier kann man
ja gar nicht mehr stehen!“

„Nein, hier muss man schwimmen!“,
brüllte Susi Säbelzahn zurück.
Aber ach, das Ufer war weit!
„Uaah!“, brüllte der kleine Brüllbär.
Dann machte er lieber den Mund zu.
Das Wasser war ekelhaft salzig.
„Da kommt ein Boot!“,
gurgelte der kleine Brummbär.
„Mit einem Mann drin!“
Ja, wirklich!
Da kam ein Boot,näher und näher.
Was für ein Glück:
Der Mann drin war Onkel Fiete!

Heimweh

Onkel Fiete brachte sie
alle drei sicher an Land.
Großmutter Säbelzahn
wartete schon.
Sie saß in der Küche
und rauchte eine dicke Zigarre.
Ihre Miene war finster.

Ihre Stimme klang ernst.
„Was habt ihr euch bloß
bei diesem Ausflug gedacht?“,
fragte sie grollend.
Der kleine Brüllbär,
der kleine Brummbär
und Susi Säbelzahn
senkten die Köpfe.
„Jetzt macht,
dass ihr ins Bett kommt!“,
knurrte Großmutter Säbelzahn.
„Aber wir sprechen uns noch!“
Am nächsten Morgen
mochte der kleine Brüllbär
nicht aufstehen.
Er wusste selbst nicht, warum.
Vielleicht fürchtete er sich
vor der Strafe.

Vielleicht hatte er immer noch
ein schlechtes Gewissen.
Vielleicht bekam er auch nur
einen Schnupfen.
Schon längst
saßen der kleine Brummbär
und Susi Säbelzahn beim Frühstück.
Aber der kleine Brüllbär
lag im Bett und zog sich die Decke
bis an die Nase.
Da ging die Tür auf.
Großmutter Säbelzahn kam herein.
Sie sah immer noch
ziemlich streng aus.
„Was ist denn mit dir los?“,
fragte sie barsch.
Der kleine Brüllbär
gab keine Antwort.

Großmutter Säbelzahn
legte die Pfote auf seine Stirn
und sagte:
„Fieber hast du jedenfalls nicht.
Tut dir vielleicht etwas weh?"
Der kleine Brüllbär nickte.
„Was denn?", fragte sie.
„Der Kopf? Der Hals?
Oder der Bauch?"
„Alles!", sagte der kleine Brüllbär.
„Aber am meisten das Herz."
Auf einmal
sah Großmutter Säbelzahn
gar nicht mehr streng aus.
Sie machte die Tür auf
und rief:
„Kommt alle herein!
Der kleine Brüllbär hat Heimweh!"

„Ist das eine Krankheit?“,
fragte der kleine Brüllbär.
„Ist sie gefährlich?
Ich habe so was noch nie gehabt.“
„Kein Wunder!“,
sagte Großmutter Säbelzahn.
„Du warst ja auch noch nie verreist.“
Susi Säbelzahn
und der kleine Brummbär
stürzten ins Zimmer.
Dann kam Onkel Fiete.

Alle setzten sich
um den kleinen Brüllbär herum.
Er blickte von einem zum anderen
und sagte:
„Wenn man Heimweh hat,
geht es einem in Gesellschaft
gleich besser.“
Onkel Fiete nickte.
„Ein alter Seebär wie ich
hat das mehr als einmal erlebt.“
Der kleine Brüllbär kuschelte sich
in seine Kissen und fragte:
„Erzählst du mir eine Geschichte?“
Onkel Fiete nickte noch einmal.
„Ich will dir
von einem Piraten erzählen.
Der war ein ruppiger Kerl.
Aber manchmal hatte er Heimweh.“

Der kleine Brummbär rief:
„Wir wollen auch zuhören!“
Onkel Fiete lachte und sagte:
„Das will ich doch meinen!“
Er dachte einen Augenblick nach,
und dann fing er an:

Drei Geschenke für den Piraten

Vor vielen Jahren
lebte einmal ein junger Pirat.
Der hatte schon
viele Schiffe gekapert
und immer reiche Beute gemacht.
Er fürchtete sich
vor nichts
und vor niemandem.
Auch Wind und Wetter
schreckten ihn nicht.
Wenn die Blitze zuckten
und der Donner grollte,
lachte er nur.
Wenn der Sturm pfiff
und die See schäumte,
sang er sein wildestes Lied.

Der junge Pirat war schon
über alle Meere gesegelt.
Aber nach jeder Reise
kehrte er wieder
in seine Heimat zurück.
Er tat es heimlich,
denn die Soldaten des Königs
hätten ihn sonst
ins Gefängnis gebracht.
Jedes Mal blieb der Pirat
eine Weile im Haus seiner Eltern.
Er ging von Zimmer zu Zimmer
und freute sich
an den schönen Dingen,
die ihm seit seiner Kindheit
vertraut waren.

Besonders gern hatte er
einen silbernen Kerzenleuchter,
eine zierliche Spieluhr
und die alte Seemannskiste
seines Urgroßvaters.
Wenn der Pirat wieder fort musste,
war er immer sehr traurig.
Die ersten Tage auf See
waren die schwersten.
Dann hatte er Heimweh.
Nachts lag er in seiner Kajüte
und sehnte sich
nach seinen Eltern,
seinem kleinen Bruder
und nach dem Haus seiner Kindheit.
Einmal seufzte der junge Pirat
kurz vor dem Abschied:
„Ach, könnte ich doch

etwas aus meinem Elternhaus
mit auf mein Schiff nehmen!
Vielleicht hätte ich dann
nicht mehr so viel Heimweh."
Sein Vater sagte:
„Dann nimm nur
den Kerzenleuchter!"
Seine Mutter sagte:
„Dazu noch die Spieluhr!"
Sein kleiner Bruder rief:
„Und natürlich die Seemannskiste!"
Am nächsten Morgen ging der Pirat
mit den Geschenken an Bord.
Seine Eltern winkten ihm nach.
Sein kleiner Bruder
ließ sich
seltsamerweise
nicht sehen.

In dieser Nacht lag der Pirat
ganz zufrieden in seiner Kajüte.
Sein Blick wanderte
vom Kerzenleuchter zur Spieluhr,
von der Spieluhr zur Seemannskiste
und wieder zurück.
„Ihr schönen Dinge“,
murmelte er,
„erzählt mir jetzt von zu Hause!“
Der Kerzenleuchter schwieg.
Die Spieluhr gab keine Antwort.
Nur die Seemannskiste
rief mit heller Stimme:
„Hier ist es wirklich sehr dunkel!“
Die Seemannskiste?
War das wirklich
die Seemannskiste?
Oder saß vielleicht jemand darin?

Der Pirat hob eilig den Deckel.
Und wer kam darunter hervor?
Na so was! Sein kleiner Bruder!
Flink kletterte er über den Rand.
„Freust du dich?“, rief er.
„Ja, schon“, sagte der junge Pirat.
„Aber Vater und Mutter
werden sich Sorgen machen.“
„Ach was!“, meinte der Junge.
„Ich habe ihnen ja

einen Brief hingelegt.
Darin steht,
dass ich bei dir bin
und dass ich Pirat werde
und dass wir bald wiederkommen.“
Nicht lange danach
lagen die beiden Brüder
Arm in Arm in der Koje.

Heimweh hatten sie nicht.
Sie fühlten sich ganz wie zu Hause.

Onkel Fiete schwieg.
„Das war eine schöne Geschichte“,
sagte der kleine Brüllbär.
„Ich habe
fast gar kein Heimweh mehr,
nur noch ein ganz kleines bisschen.“
Onkel Fiete kratzte sich
hinter dem Ohr und fragte:
„Was hättest denn du
mit an Bord genommen,
wenn du Pirat wärst?“
„Einen Honigtopf!“,
rief der kleine Brüllbär
wie aus der Pistole geschossen.
Onkel Fiete lachte.

„Wenn's weiter nichts ist!
So einen Topf kannst du haben."
Er ging hinaus und kam bald zurück,
in der einen Hand einen Honigtopf,
in der anderen einen Löffel.
Der kleine Brüllbär
leckte und schleckte.
„Siehst du", sagte er dann,
„Honig ist stärker als Heimweh!"

Die Überraschung

Der kleine Brüllbär
schrieb seinen Eltern
zwei Ansichtskarten
und einen langen Brief,
mit vielen Bildern für Lalla.
Er selbst bekam auch Post
von zu Hause.
Die legte er unter sein Kopfkissen.
Darauf schlief er sehr gut.
Morgens sagte er:
„Ich habe vom Wald geträumt.
Ich saß bei der Himbeerhecke
am gluckernden Bach
und habe mit Lalla gespielt."
Susi Säbelzahn zuckte die Achseln.
„Ich träume nie vom Wald.

Am Meer gefällt es mir besser.
Schließlich muss man da nicht
in die Schule!“
Ja, da hatte sie wieder mal Recht!
Der kleine Brüllbär
nahm Eimer und Schippe
und lief ihr nach an den Strand.
Der kleine Brummbär stand schon
bis an die Knöchel im Wasser.
Am Nachmittag
backte Großmutter Säbelzahn
goldbraune Waffeln.
Die schwammen
in Honig und Sahne.
„Wirklich lecker!“,
sagte der kleine Brüllbär.
„Fast so lecker wie die Waffeln
von meiner Mutter!“

Ein bisschen später
schnitzte Onkel Fiete
drei hübsche Boote.
Die lagen prächtig im Wasser.
„Du kannst das sehr gut!“,
sagte der kleine Brüllbär.
„Fast so gut wie mein Vater.
Der hat mir zum Geburtstag
eine tolle Schubkarre gemacht.
So eine hast du
noch nicht gesehen.“
Abends klingelte das Telefon.
Onkel Fiete ging in die Diele.

Man hörte ihn sprechen,
doch man verstand nicht,
was er sagte.
Als er zurückkam,
fragte der kleine Brüllbär:
„Wer war das denn?“
Onkel Fiete schmunzelte.
„Das war eine Überraschung.“
Susi Säbelzahn rief:
„Was denn für eine Überraschung?“
„Tja“, sagte Onkel Fiete,
„das verrate ich nicht.“
In dieser Nacht
träumte der kleine Brüllbär nichts.
Oder wenn er doch etwas träumte,
dann hatte er es
am nächsten Morgen vergessen.
Gleich nach dem Frühstück

segelten sie alle zusammen
in einem richtigen Segelboot
aufs Meer hinaus.
Onkel Fiete trug seine Uniform
und war von Kopf bis Fuß Kapitän.
Alles hörte auf sein Kommando –
der Wind und die Wellen,
das Ruder und die Segel,
die Kinder und sogar
Großmutter Säbelzahn.
Erst als die Sonne ins Meer sank,
kehrten sie heim.
„Land in Sicht!",
rief Onkel Fiete.
„Heimisches Ufer voraus!
Überraschung zur Stelle!"
Der kleine Brüllbär
riss seine Augen auf.

Er sah am Strand drei Gestalten,
zwei große und eine kleine.
Die kannte er doch!
Na klar, das waren ja
seine Eltern und Lalla!
„Uaah!", brüllte der kleine Brüllbär
und zappelte vor Begeisterung
mit Armen und Beinen.
Großmutter Säbelzahn
musste ihn festhalten.
Er wäre sonst
bestimmt ins Wasser gefallen.
Auch an Land war die Freude groß.
Der kleine Brüllbär
ließ seine Eltern und Lalla
gar nicht mehr los.
„Da staunst du, nicht wahr?",
fragte der Vater.

„Wir hatten
solche Sehnsucht nach dir“,
sagte die Mutter.
Lalla quietschte nur
und rannte entzückt ins Wasser.

Beim Abendbrot saßen sie alle
an einem langen Tisch
auf der Veranda hinter dem Haus.
Da schmeckte es
noch besser als sonst.
Als sie fertig waren,

kratzte sich Onkel Fiete
hinter dem Ohr und sagte:
„Der Platz zum Schlafen
wird vielleicht etwas knapp.
Doch ich habe da eine Idee …!“
Was tat Onkel Fiete?

Er schlug im Garten ein Zelt auf.
Da krochen die Kinder
mit Decken und Kissen hinein.
Eine ganze Weile noch
hörte man es drinnen
brüllen und brummen,
fauchen und schnurren,
glucksen und quietschen.
Erst um Mitternacht wurde es still.
Nur der Wind wehte sacht
durch den Garten,
und vorm Haus rauschte leise
das Meer.